찰스

한윤섭 희곡

찰스

펴낸날 2019년 3월 22일

지은이 한윤섭
펴낸이 이광호
주 간 이근혜
편 집 문지현
펴낸곳 ㈜문학과지성사
등록번호 제1993-000098호
주소 04034 서울 마포구 잔다리로7길 18(서교동 377-20)
전화 02) 338-7224
팩스 02) 323-4180(편집) / 02) 338-7221(영업)
전자우편 moonji@moonji.com
홈페이지 www.moonji.com

ISBN 978-89-320-3526-0 03810

이 도서의 국립중앙도서관 출판예정도서목록(CIP)은 서지정보유통지원시스템 홈페이지
(http://seoji.nl.go.kr)와 국가자료공동목록시스템(http://www.nl.go.kr/kolisnet)에서
이용하실 수 있습니다. (CIP제어번호: CIP2019009183)

찰스

한윤섭 희곡

문학과지성사

등장인물

찰스   의인화된 수탉

메리   의인화된 개

주인 남자   40대 중후반

주인 여자   19살

직업소개소 사장   20대 후반

손밍   조선족 여자(20대)

무대

따뜻한 봄날
어느 시골, 식당과 농장을 겸한 가든의 뒷마당이다.

무대 왼편은 커다란 닭장으로, 밖에서 훤히 볼 수 있게 얇은 그물망으로 쳐져 있다. 중앙 위쪽으로 '성호가든'이란 간판이 보이고 그 아래로 뒷마당 울타리가 보인다.
무대 오른쪽은 성호가든의 후문으로, 문을 열고 나오면 발코니 양식으로 마당과 집은 몇 개의 계단으로 연결된다.
집 앞으로 커다란 개집이 놓여 있다.

닭장 안에는 회전목마를 축소시킨 것 같은 간단한 장치가 설치되어 있다. 이 장치에는 회전목마의 말들을 대신해 수십 마리의 닭 인형들이 달려 있다.
장치에 전원이 들어가면 닭들이 닭장 안을 도는 것과 같은 효과를 내고, 찰스를 제외한 모든 닭들은 인형들로 처리한다.
닭장 안은 이층 구조로 만들어 찰스가 입체적으로 움직일 수 있게 한다.

1

자동차 소리가 가까워 온다.

닭장 안의 닭, 찰스가 닭장 이층으로 올라가 성호가든을 내려다
본다.

찰스 어디선가 자동차 소리가 들린다. 가든에 손님 왔구
나. 멍청한 개 짖겠구나.

개집 안에 있던 개, 메리가 고개를 내밀고 짖는다.

찰스 (메리를 향해) 병신, 그렇게 짖지 말라는데 꼭 짖
어. 아직까지 손님이 뭔지 도둑이 뭔지 구분도 못
하는 멍청한 개. 개가 닭보다 똑똑하다는 말은 누
가 만든 건지. 주인한테 발길질을 당해야 또 얌전
해지지.

가든 안쪽에서 주인 남자가 닭장 쪽으로 온다. 손에는 장갑을 끼고 있다. 주인 남자가 개집을 발로 차며, 메리에게 조용히 하라는 신호를 한다. 메리가 짖기를 멈추고 개집으로 들어간다.

> **찰스** (들어가는 메리를 보며) 한 치 앞도 못 보는 멍청한 개.

주인 남자가 한동안 닭장을 바라보며 생각에 잠긴다.

> **찰스** (찰스도 주인 남자를 유심히 쳐다보며) 오늘도 주인 남자는 닭을 잡기 전 짧은 생각에 잠긴다. 난 저 눈빛이 마음에 들지 않는단 말이야. 닭장에 들어오기 전 닭장 안을 바라보는 저 측은한 눈빛. 닭한테 연민이라도 있는 것처럼 보이잖아. 닭 잡아 파는 주인 남자가 닭한테 연민이 있다고 해서 닭의 운명이 바뀌는 건 아니야. 어차피 오 분 뒤면 닭 한 마리가 저 남자의 손에 목이 비틀려 버둥댄다는 사실에는 변함이 없지. 결국 사람과 닭 사이에 연민 따위는 절대 존재하지 않는 거야.

주인 남자가 닭장 문을 열고 안으로 들어간다.

순간 닭장 안 기계 장치의 전원이 들어온다.
장치에 매달린 닭 인형들이 회전목마처럼 돌기 시작한다.

> **찰스** 그렇지! 인간과 닭 사이에는 본능만 존재하는 거야. 이렇게 그냥 움직이는 거야. 아무 생각 없이 사람을 피해서 그냥 돌 뿐이야. 다가오면 달아나는 본능. 절대 두려워서 달아나는 게 아니야. 여기 있는 어떤 닭도 사람을 두려워하지 않아. 이 닭들은 자신의 운명을 인식하지 못하거든. 그래서 두려움이 없을 거야. 그럼 의식이 있는 나는? 어느 날 함께 있던 마지막 닭이 잡혀 나가고 내가 저 남자와 단둘이 닭장 안에 서는 순간이 된다면, 그때라면 두려워할지 몰라. 그건 본능이니까. 하지만 이 닭장에 나 혼자 남기 전까지 내가 사람을 두려워하는 일은 없을 거야. 다른 닭들이 함께 있는 한 내가 사람을 두려워할 이유는 없다는 말이야. 왜냐, 난 어떤 일이 있어도 마지막까지 살아남는 닭이니까.

찰스도 회전목마를 따라 걷기 시작한다.
주인 남자도 닭을 잡기 위해 돌기 시작한다.

찰스 난 절대로 먼저 잡히지 않아. 사람에게서 시선을 떼지 않거든. 그게 방법이야. 간단하지. 사람이 닭장 안에 들어와 움직이기 시작하면 이렇게 모든 닭들이 닭장 안을 돌기 시작하거든. 열심히 앞만 보고 움직이지. 바보들처럼. 하지만 난 앞만 보고 달리는 이 바보들과 똑같이 행동하지 않아. 난 사람을 항상 주시하고 있어. 저 남자의 움직임 하나하나를 파악하고 있다는 말이야. 물론 보통의 닭이 나와 같이 의식을 갖기란 쉽지 않을 거야.

(사이)

그래도 달아나는 건 기분 나쁜 일이야. 그래서 어느 날은 분한 마음에 다른 닭들과 의기투합해서 사람과 맞서 보고 싶다는 생각도 하지. 만약 아주 만약, 나와 다른 이 멍청한 닭들이 의기투합을 한다면 볼 만할 거야. 문이 닫힌 닭장 안에서 오십 마리의 닭과 한 인간이 붙는다면 난 분명 닭들이 이길 거라 생각해. 사람은 피를 흘리면서 죽어 갈 거야. 이런 상상을 하면 기분이 좋아져. 사람은 죽어 가면서 이제껏 잡은 닭들에게 미안한 생각을 할 거야. 아니야. 사람은 자신이 왜 죽는지 절대 알지 못할 거야. 사람은 그런 존재니까. 닭이 의기투합을 했거나, 자신의 죄로 죽었다고 생각하지 않을 거야. 사람이란 항상 그런 존재니까. 하지만 주인 남자는 그런 걱정은 할 필요가 없겠지. 적어도 그런 멋진 의식을 가진 닭은 나뿐이니까. 난 그냥 주인 남자가 닭장에 들어오기 전, 닭장 안을 유심히 쳐다보는 시간이 싫다는 얘기야.

그사이 주인 남자가 닭 한 마리를 움켜쥔다.

찰스   이것 봐. 난 잡히지 않잖아. 난 여전히 건재하다고!

주인 남자가 닭장에서 나온다. 닭장 안의 닭들이 회전을 멈춘다. 주인 남자는 닭장 뒤쪽에서 닭을 손질한다.

찰스   (하늘을 보며) 내 몸속에 인간의 영혼이 존재한다. 어느 날 눈에 보이지도 않는 작은 영혼이 바람에 실려 하늘을 떠다니다가 바람이 멈춰 선 곳 아래로 떨어졌다. 영혼이 떨어진 곳에는 닭이 있었고 그 영혼은 닭의 깃털에 내려앉아 닭의 몸뚱이로 스며들었다. 마치 인간들이 닭에게 먹이는 항생제가 몸속으로 퍼지는 것처럼 한 마리 닭의 살 속으로 녹아들었다. 그래서 난 닭이 되었다. 그 순간 난 나를 찰스라고 부르게 되었다. 아무것도 기억나지 않는다. 내가 언제부터 찰스였는지, 왜 찰스였는지. 내 기억은 그것뿐이다. 그래서 내가 찰스다. 난 살아남는다. 다른 닭들처럼 죽지 않는다. 벌써 이 년이나 버티고 있잖아. 이 닭장 안의 닭들은 모두 육 개월 안에 죽게 되어 있어. 그 시간이면 잡혀 먹기 가장 적당한 상태로 자라니까. 하지만 난 이 년이나 버티고 있어. 모두 내 노력 덕분이야. 피나는 노력.

찰스가 팔굽혀 펴기를 한다.
주인 남자는 손질한 닭을 가지고 집 안으로 들어간다.

찰스　이거야. 내가 살아남는 방법, 나이가 드니 몸이 예전 같지 않아. 그러니 이렇게 운동하지 않으면 살아남을 수 없어. 닭고기 파는 집에서 수명이 제일 짧은 닭은 살찐 닭이다. 운동을 하지 않으면 언젠가는 사람의 목표가 되는 거야. 사람은 항상 닭장 문을 열기 전 목표를 정하지. 그 목표는 눈에 띄는 놈이야. 살찐 닭을 말하는 거지. 내가 그 주인공이 되는 것은, 그건 너무 비극이야. 난 그런 바보가 아니야. 난 적당히 음식 조절을 하고 적당히 운동을 해서 적당한 체격을 유지해서 늙지 않는 거야. 주인은 늙은 수탉도 가만두지 않으니까. 난 잘 알아.
(빗을 꺼내서 머리를 빗는다)
이렇게 머리를 단정하게 빗는 거야. 그래서 내가 건재하다는 것을 보여 주는 거지.

멀리서 트럭 소리 들린다.

찰스 개 짖는다. 트럭에 실려 새로운 닭들이 닭장으로 오는 신성한 시간이야.

메리가 나와서 짖는다.

찰스 (메리에게) 병신, 언제 가만있어야 하는지, 언제 짖어야 하는지 분간도 못하는 병신. 짖는 것들은 겁쟁이야. 사나운 것들은 짖지 않고 조용히 다가와 공격하지.

주인 남자가 닭이 든 상자를 들고 나온다.
주인 남자는 짖고 있는 메리를 발로 위협해서 조용히 시킨다.

메리가 짖기를 멈추고 들어간다.

> **찰스** 어린 닭들이 오는 시간이야. 금방 잡혀 죽을지도 모
> 르고 꼬꼬댁거리는 멍청한 닭들……

주인 남자가 상자를 들고 닭장 안으로 들어간다.
들어가는 주인 남자와 찰스의 눈이 마주친다.
찰스, 재빨리 주인 남자의 눈을 피한다.

> **찰스** 절대 안 돼. 눈을 마주쳐서는 절대 안 돼. 나를 다른
> 닭들과 구분하면 안 돼. 구분하고 기억하기 시작하
> 면 끝장이야. 그러면 언젠가는 특별한 감정을 느끼
> 게 되고, 그러다 특별한 감정에 금이 가면 날 잡으
> 러 오겠지.

회전목마가 돌기 시작한다.
찰스, 회전목마 사이로 움직인다.
주인 남자는 비워져 있는 회전목마의 자리에 새로 가져온 닭 인
형들을 꽂기 시작한다.

> **찰스** 난 그냥 다른 닭들 중 하나일 뿐이야. 오늘 여기

새로 들어와 아직 덜 자란 닭들과 다를 바 없는 그
냥 하나의 닭이란 말이야.

주인 남자가 일을 마치고 닭장에서 나온다.
주인 남자는 개집 옆에 있는 양동이에서 개 먹이를 퍼서 메리에
게 부어 준다. 메리 정신없이 먹는다.
주인 남자, 나간다.

       찰스   잘 먹는다. 개가 닭의 창자를 먹는다. 닭장 옆에서.
             이보다 더 잔인한 일이 어디 있을까.

2

어두운 밤, 주인 남자가 메리의 목줄을 풀어 주고 들어간다.
잠시 후 '성호가든' 간판의 불이 꺼진다.
메리, 어슬렁어슬렁 걸어 나온다.

> **메리** 낮이 가면 밤이 온다. 한 뼘의 자유가 찾아온다. 난
> 자유롭다. (허공을 향해 짖는다) 멀리 자동차 지나
> 가는 소리. (다시 허공을 향해 짖는다) 다 죽어 가
> 는 노인네 지나가는 소리. 내가 여기 있다는 걸 알
> 려 줘야지. 난 비겁하지 않아. 난 사람들의 친구일
> 뿐이야. 난 사람을 좋아해.

메리, 한쪽 구석으로 가서 똥을 누려고 엉거주춤 앉는다.

> **메리** (힘을 주며) 밤은 낮보다 빠르게 흐른다. 그건 모
> 두들 잠들어 있기 때문이다. 난 이 시간이 제일 행

복하다. 어떤 짓이든 내 마음대로 할 수 있는 이 시간. 인간이나 동물이나 제 모습이 제대로 보이지 않는 곳에서 하는 일을 좋아하잖아.

메리, 똥을 누고 일어나서 닭장 앞으로 간다. 닭장 속의 찰스가 말없이 메리를 보고 있다.

> **메리**　저 닭들 속에 있던 내장이 이리로 옮겨 와 저기 (똥을 가리키며) 똥으로 바뀌었다. 닭장 안에 있는 것도 닭이고 저기 밖에 있는 똥도 닭이고, 내 배 속에는 아직도 닭이 많이 남아 있다. 난 몇 년 동안 닭 내장밖에 먹지 않았어. 그러니 내 몸도 닭으로 변해야 하는데 아직까지 닭으로 변하지는 않았다. 왈왈!

메리가 짖자, 닭들이 소리를 낸다.

> **찰스**　왜 이래 정말, 모두들 자는 시간이야.
> **메리**　찰스, 우린 형제다. 내 몸은 지금 개의 모습을 하고 있지만 내 몸을 이루는 모든 것은 닭으로 만들어졌다.

찰스 우리가 배춧잎을 먹는다고 해서 우리가 배추와 형제는 아니야.

메리 지껄이는 닭이란…… 상대해 줄 가치도 없어. 어차피 저 닭의 내장도 내 내장 안으로 온다. 여기 있는 모든 닭은 모두 이 속을 거친다. 이 배 속에는 성호가든을 한 바퀴 두를 만큼의 긴 터널이 있다. (배를 두드리며) 너희는 모두 이 터널을 지나야 한다. 그러니 우린 형제다.

찰스 난 그런 더러운 창자 속을 지나가지 않는다. 난 죽지 않으니까.

메리 잘 버텼지. 찰스, 이 년 잘 버텼어. 지금까지는 잘 버텼지만 언젠가는 너도 죽을 거야. 그리고 사람의 몸속으로 스며들어 가고, 또 나머지는 내 배 속으로 올 거야.

찰스 그럴 일은 없어, 메리. 아무도 날 여기서 끌어내지 못해. 내 운명은 내가 결정하기 때문이야.

메리 절대로 넌 네 운명을 결정 못해.

찰스 넌 바보니까 아무것도 몰라. 멍청한 개니까.

메리가 닭장 철망을 흔들어 댄다. 닭들이 우는 소리가 들린다.

찰스 그래 보았자 아무 소용없어. 넌 날 해치지 못해.

메리 정말 그럴까?

메리가 입으로 닭장의 빗장을 연다. 닭들이 울어 대기 시작한다.

메리 모두들 조용히 해. 나도 이 정도의 지능은 가지고 있어. 그런데 내가 가지고 있는 게 하나 더 있어. 너 있는 곳으로 들어가지 않는 인내심도 가지고 있지. 그래서 넌 행운아야. 우린 만년 동안 사람들에게 길들여졌거든. 산과 들에서 살다가 사람과 살면서 인내심을 배우는 데 만년이 걸린 거야. 그래서 내가 더 오래 살 수 있는 거야. 매일 열 마리씩 잡혀 나가고, 또 열 마리씩 채워지는 너희랑은 신세가 달라. 난 경계를 유지할 수 있거든. 닭과 개의 경계, 사람과 개의 경계, 개와 개의 경계, 그리고 사람이 싫어하는 것과 싫어하지 않는 것의 경계.

찰스 알지. 경계를 잘 구분한다는 거. 네 경계란 항상 목에 달린 줄의 길이만큼이잖아. 그게 네 경계라는 걸 나도 잘 알지. 그리고 비겁하게 그것을 목줄만큼의 자유라고 말하고, 또 목줄만큼의 경계라고 지껄이지. 목이 줄에 묶인 신세? 그런 동물이 경계를 얘기

할 수 있나. 닭은 목이 묶인 채 살아가지는 않아. 그럴 바에는 죽지.

메리 그게 우리의 차이야. 만년이 지나는 동안 사람과 살기 위해서 우리 몸에 체득된 결과물이지. 인내가 항상 고통스러운 것은 아니야. 인내에는 항상 대가가 따르지. 인내의 달콤한 면을 모르는 것들은 이해할 수 없어. 그냥 보이는 이 목줄이 전부라고 생각하니까. 그러니 내가 너보다 더 오래 사는 거야. 언제 잡혀 죽을지 모르는 닭의 운명과 만년 동안 사람의 친구가 된 개와 비교하지 마.

찰스 수컷인 너에게 메리란 암컷의 이름을 아무렇지 않게 붙여 준 사람이 너의 친구지.

메리 난 내 이름을 좋아해.

찰스 그렇겠지. 넌 자존심 따위는 없는 동물이니까.

메리 널 가만두지 않을 거야.

찰스 난 너보다 더 오래 살아. 장담할 수 있어.

메리 또다시 그런 장담을 한다면 널 죽일 거야.

찰스 넌 나에게 아무런 해도 입힐 수 없어. 내 모습이 보이지 않잖아.

메리 수십 마리의 닭들 속에 숨어서 항상 목소리만 내며, 앞으로 모습을 드러내지 못하는 겁쟁이지. 이

년 동안 그 짓을 했으니 이제 모습을 드러낼 때도 되지 않았나.

찰스 이럴 때 지혜라는 말을 쓰는 거야. 개가 아무리 냄새를 잘 맡아도 목소리를 냄새로 구분할 수 없지.

메리 거기 들어가 닭들을 모조리 죽이고 나면, 너도 그 안에 죽어 있겠지. 어쨌든 넌, 네 차례에 고통스러워하며 죽어 갈 거야. 그 순간 네가 그 비겁한 닭, 찰스였다고 말하고 안 하고는 네 선택이야. 하지만 네가 이렇게 입만 살아 있는 걸 보면 넌 그 순간이 되면 분명 너였다고 실토하고 말 거야.

찰스 좁은 닭장 안에서 닭 오십 마리랑 개 한 마리랑 싸우면 누가 이길까.

메리 감히 닭이 개에게 그런 소리를 해! 오백 마리 정도는 돼야지 상대가 되지 않을까.

찰스 메리, 닭장 안으로 들어와 봐. 네가 주인이 나올 때까지 나를 잡는지 내기해 보자. 넌 절대로 나를 잡을 수 없어. 넌 개일 뿐이니까. 자칫 잘못하면 넌 이 밤, 네가 생각하는 그 한 뼘의 자유까지도 잃게 될 거야. 판단력이 흐려지는 시간이야. 만년 동안 길들여져 온 개의 습성을 잠시 버리고, 인간의 물건에 해를 입히고, 자유를 잃을 것인가 아니면

알량한 자유를 지키기 위해 비겁한 뒷모습을 보일
것인가 네가 판단해야 할 거야.

메리 내 판단이 궁금하지?

메리가 닭장 안으로 한발을 들인다.

찰스 이것 봐, 넌 아무리 만년을 교육받았다 해도 본능
에 충실한 늑대일 뿐이야.

메리 난 날고기는 좋아하지 않아. 인간들이 날 위해 시
간을 투자해 만든 익힌 음식을 좋아하지. 그런데
오늘은 네 버르장머리 없게 생긴 목을 자근자근
물어 버릴 거야. 숨통을 끊어 놓는 거지. 입 한가득
네 목을 물고 있으면 네가 숨을 쉬어 대겠지. 애써
끌어올린 숨들은 목을 타고 내려가다 말고 구멍
뚫린 목을 빠져나와 다시 내 입으로 들어올 거야.
하지만 난 그 순간 코로 숨을 쉬고 있을 거야. 그
러니 네가 주는 공기 따위는 원하지 않아.

찰스 메리, 넌 벌써 이성을 잃었어.

메리가 닭장 안으로 들어선다. 닭을 태운 회전목마가 돌기 시작
한다.

찰스도 따라서 돌기 시작한다.

메리가 닭 한 마리를 입으로 문다. 닭의 비명 소리가 들린다.

잠시 후 주인집 불이 켜진다.

주인 남자가 급하게 나온다.

> **주인 남자** 메리! 메리! 너 안 나와?

주인 남자가 닭장 안으로 들어가 메리의 목줄을 잡고 끌어낸다.

메리의 입에는 닭 인형이 물려 있다.

> **주인 남자** 이런 개새끼, 너 미쳤어? 왜 이래. 왜 안 하던 짓을
> 해! 응?

주인 남자가 메리의 얼굴을 때린다.

> **찰스** 그래, 버텨 보는 거야. 절대 놓지 않는 거야. 질겅
> 질겅 씹는 거야. 그 정도 자존심은 있어야 하는 거
> 아니야?
> **메리** 찰스!
> **주인 남자** 네가 고집 부리면 어쩔 거야.

주인 여자도 따라 나온다.
주인 여자는 눈이 잘 보이지 않는다.

    주인 여자   왜요. 무슨 일이 있어요?

    주인 남자   들어가. 별일 아니야.

    주인 여자   나도 알고 싶어요.

    주인 남자   아무 일 아니야. 들어가.

    주인 여자   (답답한 듯) 왜 나한테 말을 하지 않아요? 나도 알고 싶어요.

    주인 남자   메리가 닭장에 들어갔어.

    주인 여자   메리, 왜 그랬어? 너 그런 일 없었잖아. 메리.

메리가 닭을 내려놓는다.
주인 남자가 메리의 입을 다시 때린다.

    찰스   역시 겁 많은 개야.

    메리   우리는 만년 동안 사람들에게 배웠어. 오래 살아남는 법이지.

주인 남자, 메리의 목에 다시 목줄을 채운다.
메리는 개집으로 들어가 웅크린다.

주인 남자   (주인 여자에게) 그만 들어가.

주인 여자   (하늘을 두리번거리며) 별 떴어요?

주인 남자   그래 많이 떴어.

주인 여자   하늘 얘기 좀 해 봐요.

주인 남자   별것 없어. 들어가.

주인 여자   별것 없어도 해 봐요. 궁금해요.

주인 남자   별 쏟아지고, 달도 제법 커졌어. 그게 다야.

주인 여자   나도 볼 수 있으면 좋겠다. 난 아저씨 얼굴도 모르
잖아요.

주인 남자   그건 중요하지 않아.

주인 여자   갈수록 더 보이지 않아요.

주인 남자   약을 잘 먹으면 좋아질 거야.

주인 여자   그렇게 오랫동안 약을 먹었는데 오히려 시력이 더
나빠졌어요.

주인 남자   계속 먹어. 눈에 좋은 약이야. 언젠가 좋아지겠지.

주인 여자   약을 먹으면 먹을수록 더 보이지 않는 것 같아요.

주인 남자   무슨 생각을 하는 거야. 무슨 말이 하고 싶은 거
야?

주인 여자   이제 약은 그만 먹고 싶어요.

주인 남자   시끄러워. 누구 마음대로 약을 그만 먹어. 그거라

도 먹으니까 이 정도 불빛이라도 보는 거야.

주인 여자 알았어요. 계속 먹을게요.

(사이)

닭을 너무 많이 잡아 그런 거예요.

주인 남자 그럼 내 눈이 먼저 멀었겠지. 우리보다도 더 많이
잡는 사람들노 있어. 들어가.

주인 여자 홀에서 일하던 사람이 또 나갔어요. 왜 나갔을까
요? 아무 말도 없이.

주인 남자 사람이야 또 구하면 돼.

주인 여자 아저씨는 알지요? 왜 말없이 사라졌는지.

주인 남자 (화가 나서) 내가 어떻게 알아. 일이 힘들었나 보
지. 배가 불렀거나. 이런 곳에 오는 것들은 다 똑같
으니까. 그러니 똑같은 것들은 얼마든지 구할 수
있어.

주인 여자 좋은 사람이었는데.

주인 남자 더 좋은 사람 소개 받기로 했어. 들어가자.

주인 여자 내가 눈이 보이면 사람이 오지 않아도 될 텐데.

주인 남자 구하면 돼. 걱정하지 마. 들어가자.

주인 여자 메리, 이제 닭장에 들어가지 마. 그러면 안 돼.

주인 여자와 주인 남자가 들어간다.

찰스 메리, 난 항상 여기 있어. 언제고 다시 와도 돼.

메리 운이 좋았어.

찰스 운이 아니라 너보다 머리가 좋은 거야.

메리 오십 마리 다 잡는 방법이 있다고 했잖아.

찰스 얼마든지.

메리 새벽에 시끄럽게 울지 마라.

찰스 나도 그 일은 만년도 넘게 해 온 일인데.

성호가든 간판의 불이 꺼진다.

3

날이 밝아 온다. 찰스가 닭장 안에서 운동을 하는 모습이 보인다. 주인 남자가 나온다.

주인 남자, 닭장 철망에 손을 넣어 암탉들이 낳은 알들을 작은 소쿠리에 담는다. 계란 하나를 메리의 밥그릇에 던져 주고, 하나 는 자신이 먹는다.

메리, 집에서 나와 계란을 먹는다.

> **찰스** 아침 계란 좋지. 메리 많이 먹어 둬. 여기 이 닭들 은 낳지 말라고 해도 알아듣지 못하니. 병신들이 야. 죽기 전에도 알은 낳지.

주인 남자가 닭장 앞에 선다.

> **찰스** 일찍 닭 잡으러 온 거 보니, 예약 손님들 있구나. 오늘도 아침부터 돌아보자. 그런데 뭘 쳐다봐. 왜

매번 그렇게 쳐다봐.

주인 남자 (혼잣말) 난 죽어서 닭으로 태어날 거다.

찰스 뭐? 정말 그렇게 생각하는 거야?

주인 남자 그래, 그럴 거야. 어쩌면 이 닭장으로 올 수도 있겠지.

멀리서 자동차 소리 들려온다.
메리가 왈왈! 짖는다.

주인 남자 시끄러워.

찰스 병신, 닭보다도 못한 병신.

주인 남자 수탉을 한 마리 잡을까.

찰스 쓸데없는 생각!

주인 남자가 닭장 안으로 들어간다. 닭장 안의 회전목마가 돌기 시작한다. 주인 남자가 닭 인형들을 잡기 시작한다.

찰스 난 절대 안 잡혀. 내가 어떻게 여기까지 버텨 왔는데. 마흔아홉 마리 잡기 전에는 난 안 잡혀!

메리 왈왈! (짖는다) 그 자식이 왔어. 내가 싫어하는 그 자식. 왈왈!

이때 주인 남자의 친구인 직업소개소 사장과 조선족 여인 손밍이 들어온다.

메리	왈왈!
직업소개소 사장	메리, 이 자식, 너 나 알면서 왜 자꾸 짖어. 시끄럽게.
메리	네가 싫어.
주인 남자	(메리에게) 시끄러워.
직업소개소 사장	아침부터 닭 많이 잡네요. 단체 있는가 보네.
주인 남자	(뒤쪽의 손밍을 힐끔 보고) 일 잘하지?
직업소개소 사장	정말 일 잘하는 애 찾아요, 아니면 입이 무거운 애를 찾아요?
주인 남자	쓸데없는 소리.
직업소개소 사장	중국에서 식당에서 일한 경험 있고, 한국에서도 식당 경험 있고. 들어갈 때가 되었는데, 상황이 안 돼서 조금 더 있다가 들어가려고 남았어요. 저도 마음대로 움직일 처지 못 돼요. (손밍을 보며) 여기가 일하기 딱 좋아. 편하지, 먹고 재워 주지.

손밍, 고개를 끄떡인다. 직업소개소 사장이 계란을 꺼내어 먹

는다.

그러고는 계란 하나를 들어 손밍에게 보인다.

직업소개소 사장 먹을래?

손밍이 고개만 흔든다. 주인 남자가 일곱 마리의 닭을 들고 나온다.

직업소개소 사장 한번에 죽여서 털까지 뽑아 주는 기계를 사라니까요.

주인 남자 난 옛날 방식이 좋아. 또 닭한테도 먼저 숨통을 끊어 주는 게 좋고.

직업소개소 사장 그 마음을 닭이 알아줄까요. 산 채로 기계에 넣지 않고 숨통을 끊어 줘서 고맙습니다! 이리 죽나 저리 죽나 닭 입장에서는 마찬가지요.

주인 남자 내 입장이 달라.

주인 남자가 잡았던 닭을 떨어뜨리고 한쪽 팔을 움켜쥔다.

직업소개소 사장 팔 아프다면서 고집은. 그게 다 닭 때문에 그렇다니까요. 우리 먼 친척 아저씨가 있었는데 이 양반

이 옛날에 시장에서 닭을 잡았어요. 사장님처럼 손으로. 한 이십 년 닭 잡다가 여기 손에 마비가 왔어요. 그래 이 병원 저 병원을 다녔는데 이유를 찾지 못하는 거죠. 팔은 아픈데 병원에 가면 이상하게 증상이 나오지 않으니까. 제아무리 용하다는 한의원에서 침 맞아도 효과기 없고. 그러다 죽었는데, 죽기 전까지 팔에 감각이 없었어요. 오줌도 혼자서 못 눴다고 하더만. 근데 그 아저씨가 죽기 전에 실토를 했대요. 닭이 그런 거라고.

주인 남자 닭이?

직업소개소 사장 네 닭이. 닭이 목이 비틀려서 죽어 가면서 뿜어내는 열기가 대단하다고 하던데. 그러니 매번 그 열기에 팔을 덴 거지요. 수만 번 화상을 입은 셈이지. 그게 닭이 해코지를 한 거예요.

주인 남자 닭이 사람을 해쳐?

메리 왈왈!

주인 남자 개가 짖는다.

직업소개소 사장 내 말 안 믿네. 그러다 큰일 난다니까. 기계를 써요. 우리 친척 아저씨처럼 되지 말고요.

주인 남자 때가 되면 쓰겠지.

직업소개소 사장 그나저나 손밍, 너 닭고기는 원 없이 먹겠다.

메리   왈왈!

직업소개소 사장   (메리에게) 메리 너 말고 인마.

주인 남자가 일을 멈추고 주머니에서 돈 봉투를 꺼내어 직업소
개소 사장에게 준다.

직업소개소 사장   이 돈 내가 어디에 쓸지 알아요? 베넬리 계약금이
            야. 이태리제 오연발 사냥총. 무게 2.9킬로그램. 정
            말 예쁘게 생겼어요.

주인 남자   그건 사서 뭐하게.

직업소개소 사장   사냥의 매력이 뭔지 알아요. 상대가 무기력하게
            쓰러지는 거예요. 그런데 그냥 무기력하게 쓰러지
            는 게 아니지요. 방아쇠를 당기고 나면, 아주 짧은
            시간 총알이 날아가 상대를 제압하잖아요. 그 짧
            은 시간, 방아쇠를 당김과 목표물이 쓰러지는 아
            주 짧은 시차에서 우리는 극도의 쾌감을 느끼는
            거지요.

주인 남자   뭐가 그리 복잡해.

직업소개소 사장   총 사 오면 나한테 닭 몇 마리 빌려 줘요. 연습 좀
            하게.

주인 남자   안 돼. 그런 짓은.

직업소개소 사장	그 닭으로 요리하면 되잖아요. 내가 먹고. 이리 죽나, 저리 죽나…… (손밍에게) 약속한 대로 걱정할 것 하나 없어. 사장님 좋은 사람이야. 또 안에 들어가면 여사장님이 있어. 사장님 따님. 눈이 불편해서 그렇지 아주 착하고 예쁘고 좋은 사람이야. 넌 아무 걱징힐 깃 없이. 일만 열심히 하면 돼. (눈치를 보며) 두 분이 같이 사장님이야. 좀 복잡한 게 있어.
손밍	예, 고맙습니다.
직업소개소 사장	서로서로 고마워하면서 사는 거지. 난 갑니다.

직업소개소 사장이 나간다. 주인 여자가 더듬거리며 나온다.

주인 여자	사람 도착했어요?
손밍	안녕하세요.
주인 여자	목소리가 젊으신 분이네. 만나서 반가워요. 저랑 같이 들어가요. 주방 아주머니도 지금 출근했어요. 가서 인사도 하고, 짐도 풀어요.

손밍이 주인 여자를 따라 들어간다.
주인 남자도 닭을 들고 나간다.

닭장의 회전목마가 돌아가면서 닭장에서 울음소리가 난다.
닭들이 짝짓기를 한다.

찰스 지랄들하고 있어. 조금 전까지 한방 쓰던 닭들이
일곱이나 잡혀, 지금 목이 비틀리고 있는데 지들
은 오입질하겠다고 싸움을 하네. 그래서 닭대가리
라고 한다. 나 쳐다볼 것 없어. 나 아침부터 하고
싶지 않으니까 하고 싶은 새끼들끼리 싸워서 이기
든지 해.

메리 찰스, 왜 새로운 여자가 왔지? 먼저 일하던 여자가
왜 없어진 거야?

찰스 바보야, 그것도 몰라?

메리 그건 넌 안다는 뜻?

찰스 내가 알 거라 생각해서 네가 물었잖아. 그러니 난
알고 있다.

메리 왜?

찰스 죽었잖아. 주인 남자가 죽였을 거야.

메리 왜?

찰스 그건 인간의 일이지. 하지만 이 집에서 무언가가
사라진다는 것은 항상 죽음을 의미하거든. 게다가
주인 남자는 항상 그 죽음을 도맡고 있으니까. 그

래서 죽었다는 생각을 하게 된 거야.

메리 네 말이 사실처럼 느껴진다. 왜 죽었을까? 궁금
하네.

찰스 조금 전에 닭 일곱 마리가 잡혀 나갔어. 지금 목을
비틀고 있잖아. 닭 죽는 소리가 안 들려? 어제는
열두 마리가 잡혀 나갔어. 그런데 넌 한 번도 그것
들이 왜 죽었는지 묻지 않다가 오늘 사람이 죽었
다니까 묻네. 죽음에 차이가 있다는 거야?

메리 닭이 죽는 건 이유가 분명하잖아. 난 지금 이유를
모르는 죽음에 대해 말하는 거라고.

찰스 넌 날 왜 죽이려 하는데?

메리 너를 죽이고 싶으니까. 네 목을 물어 버리고 싶으
니까.

찰스 병신, 그렇다면 사람도 그런 이유에서 죽었겠지.

메리 분명한 이유군.

찰스 고마워. 분명하다고 말해 줘서.

메리 (흥분해서) 컹컹컹.

찰스 개가 닭이 되어 가는 시간이 됐군.

주인 남자가 메리에게 닭 내장을 퍼 주고, 닭들에게 먹이를 준다.

메리 (먹이를 먹으며) 이 맛이야. 항상 황홀한 맛이지. 뭐하고 있어, 너도 두둑이 먹어 둬. 넌 다른 닭들과 다른 이유로 죽게 될 거야. 그때까지는 먹어야지.

찰스 넌 개면서 다른 닭들과 같은 이유로 죽게 될 거야. 그러니 많이 먹어 둬. 네 몸에 닭이 더 많으니까.

4

어두운 밤, 주인 남자가 메리의 목줄을 풀어 주고 들어간다.
잠시 후 성호가든 간판의 불이 꺼진다.
메리, 어슬렁어슬렁 나온다.

> **메리** 또 하루가 가고, 내게 한 뼘의 자유가 온다. 난 낮
> 보다 밤이 좋다. 물고 싶은 닭 모가지 하나 있지만
> 그거야 참으면 그만 아닌가! 우린 만년 동안 참아
> 내는 법을 몸으로 익혔으니까.

메리는 한쪽으로 걸어가 똥 누는 자세를 취한다.

> **메리** (힘을 준다) 응~ 얼마 안 있으면 주인 남자가 기
> 계를 쓰게 될 거야. 천천히 늙어 가고 있으니까. 찰
> 스, 너도 언젠가는 그 기계 안에 들어가겠지. 그때
> 네 표정이 궁금하다. 정말 볼 만할 거야.

찰스 그럴 일은 없어.

메리가 일어나서 찰스에게로 온다.

메리 근데 찰스, 닭이 정말 열기를 뿜어낼까? 그래서 사람을 해칠까?

찰스 그럴지도 모르지. 억울하니까.

메리 뭐가 억울해?

찰스 죽는다는 건 항상 억울한 거야. 살아 있는 것들이 있으니까. 그건 자기가 선택되었다는 뜻이잖아. 그러니 억울하지.

메리 닭의 억울함이 사람을 해친다?

찰스 주인 여자가 눈이 안 보이는 걸 보았잖아.

메리 그것도 닭과 상관이 있다는 말이야?

찰스 어쩌면 억울한 닭을 많이 먹어서 그럴지도 몰라.

메리 난 아무리 닭을 먹어도 이렇게 멀쩡하잖아.

찰스 언젠가 증상이 나타나기 시작할 거야. 조심해.

메리 네가 그렇게 말하면 개가 닭을 두려워할 거라 생각하는 거야?

찰스 그렇게 말하는 걸 보니 벌써 두렵게 느껴지는 거야.

메리 찰스, 넌 정말 말도 안 되는 것들을 항상 정말처럼 애기해. 그러고 보니 사람과 비슷하기도 하네.

찰스 난 정말 닭이 아니라 찰스야. 영혼이 흘러 다니다 여기 있는 닭의 몸에 들어온 거야. 너희 개를 길들여 온 사람이라고.

메리 그렇다면 나도 마찬가지야. 언제부터인가 기억이 또렷하거든. 그 이전의 시간들은 아무것도 기억이 나지 않아. 나에게도 영혼이 내려앉은 거겠네.

찰스 아니야. 넌 그냥 멍청한 개일 뿐이야. 난 닭이 된 사람이고.

메리 널 죽일 거야.

찰스 오십 마리 닭과 싸울 용기가 있어? 내가 널 죽인다. 닭 내장을 실컷 먹은 대가야.

메리 아니야, 나한테는 인내심이 있어. 그게 개와 다른 동물과의 차이야. 분명 개와 다른 동물은 차이가 있지. 하지만 언젠가는 널 죽일 거야. 그것도 내 본성이야.

가까이서 들리는 다른 개의 소리. 회심의 미소를 짓는 메리. 소리가 나는 쪽으로 나간다.

찰스 동물들이란 항상 욕구가 앞서지. 난 여기 있어도 훤히 볼 수 있어. 메리란 놈은 몇 년 동안 그 짓을 하기 위해 어두침침한 개구멍을 빠져나가 고양이도 없고 쥐도 없는 자기들만의 장소에서 발정 난 암캐를 만나지. 이 동네 수컷은 저놈밖에 없거든. 그런데 이 동네 암컷들은 늙은 것이나 어린 것이나 모두 발정이 나면 이 집 개구멍 앞에서 진을 친단 말이야. 메리 놈, 그러니까 짐승이란 소리를 듣는 거야. 제 피를 받은 암컷일 수도 있잖아. 분명 메리란 놈은 그걸 알고 있으면서 모른 척하고 있는지도 몰라.

멀리서 킁킁거리는 메리의 소리가 들린다.

찰스 병신, 저러다 죽음을 맞이할 거야. 나? 난 다르지. 난 참고 있거든. 내가 최고의 수컷이지만 난 참고 있어. 난 닭들과 피를 나눌 수 없어. 언젠가는 내 영혼이 깃털처럼 가벼워져 이 더러운 닭고기에서 빠져나와 하늘을 살랑살랑 날아다니다가 사람의 몸에 떨어지게 될 거야. 난 알고 있어. 이 년을 버텼거든. 그런데 닭과 혈연으로 연결되어 있어 봐, 그건 너무 이상하잖아. 사람과 닭이 섞였다, 아주 끔

찍하잖아. 그래서 내가 참는 거야.

어둠 속에서 손밍이 모습을 보인다.

> **찰스** 여자가 걸어온다. 어쩌면 저 여자도 불쌍한 여자가
> 될 거야. 여기서 계속 살지는 못할 거고, 그렇다면
> 내 느낌대로 죽게 된다는 말이야. 물론 사람이 죽
> 는 것이 닭이 죽는 것보다 더 큰 의미가 있어 걱정
> 을 하는 것은 아니야. 어떤 죽음에도 차이는 있지
> 않아. 물론 나 같은 의식을 가지고 있는 닭의 죽음
> 은 특별하게 생각되겠지만.

손밍이 나와서 별을 보며 콧노래를 부른다.

> **손밍** (중국 노래) 내 고향에는 꽃이 활짝 피었어요. 그
> 향기가 여기까지 흘러오는 것 같아요. 자꾸만 눈물
> 이 흘러요. 아마도 고향에서 온 꽃향기 때문인 것
> 같아요.
> **찰스** 사람의 노래가 기분을 우울하게 하네. 으~ 별로
> 유쾌한 일은 아니야.

어둠 속에서 메리의 모습이 보이기 시작한다.

손밍은 메리의 존재를 눈치채지 못한다. 메리가 조용히 손밍의 앞에 나서서 으르렁거린다.

손밍, 너무 놀라서 아무 말도 못하고 서 있다.

그때 주인 남자가 던진 나무토막이 메리의 옆구리를 때린다. 메리는 아프고 놀라 끙끙거린다.

> **찰스** 사람에게 사랑받는 개의 모습이란…… 한 치 앞도 예상할 수가 없어. 아무 때나 으르렁거리는 잘못된 습관 때문이야.
>
> **메리** 사람이 가르쳐 준 거야.
>
> **찰스** 배움은 배움이고, 때로는 창의적일 필요가 있잖아. 죽기 전까지 한 번이라도 창의적이어 봐.
>
> **메리** 개는 창의적일 필요 없어. 그러면 오래 살지 못해. 이런 일은 크게 마음에 담아 두지 않으면 되는 거야.
>
> **찰스** 대범한 척…… 어두운 개구멍 옆에서 그 짓거리를 하고 오더니 더 비겁해졌구나.

그사이 주인 남자가 메리의 목줄을 잡아 개집에 다시 묶는다. 손밍은 놀라서 멍하니 서 있다가 집으로 돌아가려고 한다.

주인 남자	(낮은 소리로 손밍에게) 이리 와.
손밍	(놀라 멈춰서) 네?
주인 남자	이리 오라고.
손밍	그만 들어가 보겠습니다.
주인 남자	내말 못 알아들어? 이리 잠깐 오라고 하잖아.

손밍, 마지못해 주인 남자에게로 가까이 온다.

주인 남자	여긴 네가 있기에 가장 적당한 곳이야. 널 고발하는 사람도 없고, 네 노동력을 착취하는 사람도 없어. 그리고 돈 쓸 데도 없으니 돈 모으는 데도 아주 적당한 곳이야. 같이 일하는 여자들도 아주 좋은 사람들이고. 오늘 일해 봤으니 잘 알겠지.
손밍	예, 알아요. 고맙습니다.
주인 남자	그래, 나한테 고마워해야 해.
손밍	예, 사장님께 고마워하고 있습니다.
주인 남자	그래야 은혜를 아는 사람이지.

주인 남자가 손밍의 치마를 올린다. 손밍, 갑작스러운 일이라 놀라서 아무 말도 못한다.

주인 남자, 손밍의 몸을 만진다.

> **찰스** 난 알고 있었지. 전에도 본 적이 있으니까. 꼭 개구
> 멍 옆에서 발정 난 암캐를 만나는 메리의 모습이
> 잖아.
>
> **손밍** 왜 이러세요.
>
> **주인 남자** 가만있어. 나한테 고마워해야 한다고 했지?
>
> **손밍** 예, 고맙습니다. 그런데 한 번만 봐주세요.
>
> **주인 남자** 시끄러워. 말하지 마.
>
> **손밍** (조금 큰 소리로 울먹이며) 그만…… 그만하세요.

주인 남자가 거칠게 손밍을 대한다. 손밍, 주인 남자의 얼굴을 할 퀸다.

> **주인 남자** 악!

주인 남자가 손밍의 뺨을 때린다. 손밍, 흐느낀다.

> **메리** (손밍을 향해 짖는다) 왈왈! 왈왈! 뭐하는 거야.
> 거기 무슨 일이야.
>
> **주인 남자** 짖지 마. 이 개새끼야.

그때 집에 불이 환하게 들어온다.

> **주인 여자** (소리만) 아저씨 거기 있어요? 거기 무슨 일이에
> 요?
>
> **주인 남자** (손밍에게) 조용히 해.

주인 여자가 뒷문으로 더듬거리며 나온다.

> **주인 여자** 메리! 메리! 무슨 일이야? 아저씨 거기 있어요? 아
> 저씨, 거기 있어요?

주인 남자가 손밍을 끌어안은 채 입을 막고 닭장 철망에 기대어
움직이지 않는다.

> **주인 여자** 거기 누구 있어요? 메리, 메리 무슨 일이야? 누구
> 왔어?
>
> **찰스** 메리, 말해 줘. 뭐하고 있어. 널 제일 좋아하는 사람
> 이잖아. 뭐해?
>
> **메리** (작은 소리로) 난 조용히 있을 거야.
>
> **찰스** 넌, 역시 비겁해. 만년 동안 배운 인성이 겨우 이

정도야? 넌 역시 비겁한 개야. 주인 여자는 눈이 보이지 않고, 지금 주인 남자를 찾고 있잖아. 그런데 넌 지금 못 본 척하고 있잖아. 닭보다도 의리가 못하군. 아니면 정말 닭이 된 거야? 그렇다면 나처럼 '꼬끼오'를 하던지.

메리 내가 못할 줄 알아?

찰스 그럼 짖어 봐. 주인 여자를 위해 짖어 보라고.

메리 (메리가 주인과 손밍이 있는 쪽을 향해 짖는다) 왈왈! 왈왈! 저기 사람들이 있잖아.

주인 여자 메리, 왜 그래. 어디 뭐가 있어?

메리 저기, 저기.

찰스 하하하.

손밍 (흐느끼는 소리) 호호호.

주인 남자가 손밍의 입을 더 세게 틀어막는다. 주인 여자가 손밍의 소리를 듣는다. 그리고 소리 나는 쪽으로 움직이려다 갑자기 못 들은 척 발길을 돌린다.

주인 여자 메리, 이제 그만 짖어도 돼. 알았어. 고양이를 봤구나. 도둑 고양이가 나타난 거야. 그렇지. 아저씨는 시내에 볼일이 있어 나갔을 거야.

주인 여자, 더듬거리며 집으로 들어간다.

주인 남자　이게 이 집에서 사는 방식이야. 이제 알았어?

주인 남자, 손밍을 데리고 뒤쪽으로 사라진다.

5

한낮, 찰스가 닭장 안을 서성인다. 메리는 집에 없다.

> **찰스** 햇볕이 따뜻한 한낮, 나른한 육체에 어김없이 찾
> 아오는 잠과 성적인 욕망. 그 두 갈래 길에서 건강
> 하지 못한 육체는 잠으로 빠질 것이고, 건강한 육
> 체는 성욕의 갈증으로 빠져든다. 난 건강한 육체를
> 가진 닭이다. 그러나 난 닭과 관계를 하지 않는다.
> 난 닭의 몸을 증오하기 때문이다. 이렇게 무기력하
> 게 갇혀 버린 닭의 운명이 너무도 싫다.

찰스가 철망을 넘어 보려고 소리를 지르며 펄쩍펄쩍 뛴다.
몇 번을 반복하다 포기하고 만다.

> **찰스** 아주 옛날, 어떤 무책임한 닭이 날기를 포기하고,
> 땅에서 살기로 마음먹은 순간부터 이 비극이 시작

된 것이다. 그 닭이, 그 게으르고 무책임한 그 닭이, 그때 그 순간, 그 한순간만 현실과 타협하지 않았어도, 그 짧은 순간만 올바른 판단을 했어도 이런 닭고기를 파는 가든이 만들어지지는 않았을 것이다. 어쨌든 닭들이 일제히 걷기 시작한 것이 아니라, 그 어떤 닭이 맨 처음 그런 생각과 그런 행동을 했을 테니까. 사람들은 그걸 진화라고 부르지. 다른 동물들은 몰라도 닭에게 진화는 재앙이야. 세상에, 새에서 닭으로 진화하기 시작한 것보다 더 무책임한 행동은 전에도 앞으로도 없을 것이다. 이 세상에서 닭보다 많이 죽은 동물은 절대로 없을 테니까!

주인 남자가 메리를 끌고 들어온다.
주인 남자는 목줄을 묶어 놓고는 밥그릇에 먹이를 부어 주고 나간다.
메리는 먹이를 보고도 그냥 얌전히 웅크리고 있다.

      찰스 뭐야? 왜 안 먹는 거야? 닭 내장이 질렸다는 말이야? 몇 년이나 먹었다고 벌써 질린 거야? 아니면 뭘 그렇게 맛있는 걸 먹고 왔어?

메리 (침묵)

찰스 그렇다면 사람에게 만년 동안 습득한 본능을 거스르겠다는 거야? 아니면 벌써 닭이 된 거야? 메리! 개의 본분을 보여 봐. 오늘은 이상한 날이야.

주인 남자가 닭 인형들을 들고 들어온다. 그리고 닭장 문을 연다. 회전목마가 돌기 시작하고, 닭들이 돌기 시작한다.

찰스 (펄쩍펄쩍 뛰며) 이 닭대가리들아. 도대체 왜 생각을 하지 않는 거야.

주인 남자가 닭 인형을 회전목마에 꽂기 시작한다.

찰스 (회전목마와 반대로 돌면서) 보라구. 똑바로 보란 말이야. 지금 닭 잡으러 온 게 아니잖아. 새로운 닭들이 들어오는 순간이잖아. 얼마나 시간이 지나야 구분할 수 있어? 지금은 주인 남자가 닭은 잡으러 온 게 아니라고 이 병신들아. 이 순간만이라도 여유로운 모습을 보여 봐.

주인 남자 쉿! 조용히 해.

주인 남자, 닭들을 놓고 나간다.

> **찰스** 메리, 왜 아무 말 안 하는 거야. 도대체 뭐야? 누가
> 널 과묵하게 만들었어?

메리가 일어나 짖는다. 하지만 소리가 나지 않는다.
메리, 애써 소리를 내려 하지만 소리는 계속 나지 않는다.

> **찰스** 뭐야? 메리.
> **메리** (소리 없이 짖는다)
> **찰스** 누가 네 목소리를 빼앗아 갔어? 어제 짖은 것에 대
> 한 벌이야? 한 번 짖은 것에 대한 벌치고는 너무
> 가혹하잖아.
> **메리** (짖는다)
> **찰스** 못 알아듣겠어. 개 주둥이만 보고 무슨 말인지 내
> 가 알 거라고 생각한 거야? 젠장. 벌을 받았구먼.
> 메리, 침묵하는 것도 괜찮아.

메리, 다시 웅크린다.

> **찰스** 죽이고 싶은 적에게 연민을 느끼는군. 메리, 내가

너에게 연민을 느끼고 있어. 그러니까 난 닭이 아니란 말이야. 너같이 바보 같은 개에게 연민을 느끼는 닭은 없어. 이건 사람의 감정이라고.

주인 여자가 나온다.

주인 여자   메리, 메리! 거기 있지?
메리   (발로 바닥을 긁는다)

주인 여자가 메리를 안아 준다.

주인 여자   아악! 메리 너 왜 이래. 어떻게 된 거야! 미안해. (흐느낀다) 정말 미안해. 난 모르고 있었어. 미안해. 우리 둘이 똑같다. 하나씩 잃었어.
찰스   뭐야. 날 슬퍼지게 하겠다는 거야? 인간의 영혼을 가진 닭보다 더 슬픈 척하는 거야?

주인 남자가 닭장에 먹이를 준다.

주인 여자   꼭 이렇게까지 해야 해요?
주인 남자   할 만하니까, 한 거야.

주인 여자	내가 못 본 척했잖아요.
주인 남자	(한동안 노려보다) 못 본 척한 거야, 보지 못한 거야? 똑바로 말해.
주인 여자	보지 못했어요. 난 항상 보지 못했어요. 여기는 아저씨 세상이니까.
주인 남자	알면 됐어.

자동차 소리 가까워 온다. 메리가 짖는다. 소리가 나지 않는다.

찰스	그만 좀 해라. 지금 짖어도 소리도 안 나잖아.
주인 남자	이거 봐. 조용하잖아. 나쁘지 않아. 어차피 도둑 같은 건 이 집에 없으니까.

주인 남자가 들어간다.

주인 여자	메리, 다음에 또 저 사람이 네 것을 빼앗으려고 하면 그때는 가만있으면 안 돼. 아무 생각도 하지 말고 네 감정대로 행동하면 돼. 참지 마. 나처럼 너무 참으면 일찍 죽게 돼.

직업소개소 사장 온다.

직업소개소 사장 카운터에는 남자 사장님이 계시고, 바깥일은 이제 앞도 보이지 않는 여사장님이 하시나. 손님들하고 같이 왔지.

닭장 안의 계란을 꺼내 먹는다.

직업소개소 사장 남자 친구 필요하지 않아?

주인 여자 있으면 좋은데 당신은 아니에요.

직업소개소 사장 난 눈먼 여자 좋아하는데.

주인 여자 미친놈.

직업소개소 사장 내 번호 알지? 근데 전화는 할 수 있어?

직업소개소 사장이 주인 여자에게 가까이 다가가자 메리가 움직인다.

메리 (짖지만 소리가 나지 않는다)

직업소개소 사장 에계…… 메리, 너 병신 됐구나. 불쌍해라. 그러니까 자꾸 짖지 말라니까. 까불다가 병신 됐잖아.

주인 여자가 나가려 한다.

직업소개소 사장 그 친구 있잖아. 일전에 한번 알아봐 달라고 했던……

주인 여자 소식 들었어요?

직업소개소 사장 말해 주면 뭐 줄 거야? 우리는 그런 일 해 주고 돈 받잖아.

주인 여자 얼마 줘요?

직업소개소 사장 알아서 줘. 많이.

주인 여자 알았어요. 근데 지금 당장은 안 돼요. 알지요? 한꺼번에 많은 돈을 빼지 못하는 거요.

직업소개소 사장 알지. 정확히 알고 있으라는 말이야. 내가 알아낸 것이 뭐냐면, 열여덟 살 김영수를 찾는데 찾을 수 없다는 거야. 통장을 만든 기록도 없고, 운전면허를 딴 기록도 없고, 주소지를 옮긴 기록도 없어. 거기다 해외로 출국한 기록도 없어. 보통 이런 경우 친부모를 찾아가는 경우가 있어서 이혼한 양쪽 부모를 다 조사했는데 둘 다 김영수랑 연락을 끊고 산 지 오래더라고. 그 아이는 그냥 사라져서 돌아오지 않는 거야.

주인 여자 사라지다니요?

직업소개소 사장 행방불명. 아무도 모르니 행방불명이지. 근데 주위 사람들 몇 명 만났는데 너처럼 걱정하는 사람은 없었어. 세상은 보육원에서 도망친 아이에게 아무런 관심이 없거든. 그렇게 나가는 애들이 많으니까. 다들 어딘가에서 찰스라는 이름으로 잘 살고 있을 거라고 말하던데.

찰스 이게 무슨 소리야?

주인 여자 맞아요. 찰스, 어릴 적 영어 선생님이 지어 준 이름인데 그 이름을 너무 좋아해서 그 이름으로 살 거라고 했어요. 찰스. 나도 둘이 있을 때는 찰스라고 불렀어요. 혼자 떠날 사람이 아니에요. 날 꼭 데리러 온다고 했어요.

직업소개소 사장 어쨌든 지금은 행방불명인 셈이야. 내가 좀 더 찾아볼 거야. 너는 돈만 준비하면 되는 거야.

주인 여자 부탁해요.

직업소개소 사장 나, 그래도 돈 꽤 들여서 알아본 거야. 내가 너 좋아해서 이러는 거야. 내 마음 좀 알아줘.

주인 여자 찰스!

직업소개소 사장 젠장. 돈 준비해. 찰스는 사라졌어도 채무는 남는 법. 그것이 인생이야.

찰스 아~~악. 이거 뭐야. 지금 이게 무슨 소리야. 내가 찰스야!

직업소개소 사장	개가 짖지 않으니까, 닭이 지랄을 하네. (찰스에게) 너 가만히 안 있어. 확, 잡아먹어 버릴까 보다.
찰스	잡아먹어 봐, 이 새끼야. 너 같은 새끼는 여기 들어오면 죽여 버릴 거야.
직업소개소 사장	에계…… 저 닭새끼가 내 말 알아들은 것처럼 발악을 하네. 솔직히 이런 경우에는 한 가지야. 사고로 죽었거나, 누구한테 해코지를 당했거나. 너도 단서가 될 만한 게 있나 생각해 봐.
주인 여자	그날 눈이 멀어 보이지 않기 시작하던 날부터 그때의 일들이 잘 기억이 나지 않아요.
직업소개소 사장	오케이 알았어. 나 밥 먹으러 가. 손님들 기다리겠다. 토종닭 팔아 준다고 손님 끌어와, 뒷조사해 줘. 나만한 남자도 없을 거다.
주인 여자	(약을 꺼내며) 이 약 좀 알아봐 줘. 먹을수록 눈이 더 보이지 않는 것 같아.
직업소개소 사장	이젠 별걸 다 시키는군, 알았어. 이거 계산은 따로야.

직업소개소 사장이 들어간다. 주인 여자, 한참을 서 있다.

찰스	메리, 듣고 있어? 메리 듣고 있냐고. 내가 왜 찰스

인지 이제 알았어. 내가 왜 찰스인지 이제 알았다고. 그날이야. 내 영혼이 바람처럼 살랑살랑 바람을 타고 떠다니다가 닭에 내려앉은 날. 이제야 알겠어. 그날 바람이 불고, 메리란 개 한 마리는 늘어져 잠을 자고 있는 거야.

그때 내 영혼이 바람을 타고 내려앉은 거야. 그게 닭이었어. 그러니까 난 찰스란 이름밖에 기억이 나지 않는 거야. 난 그때 생각했어. 모든 닭들이 자신의 이름을 가지고 있다고. 태어나면서 모두들 자신의 이름을 스스로 가지고 온다고. 그런데 그게 아니었어. 어떤 닭들도 자신의 이름을 말하지 않아. 나만이 이름을 말할 뿐이야. 그러니까 그건 태어난 것이 아니라 기억이 시작된 거야.

메리, 그녀가 말한 찰스란 이름이 우연일까. 아니야. 이건 절대 우연이 아니야. 내가 찰스야. 이제 내가 어디서 온 건지 알았어. 내가 그녀의 사랑하는 사람 찰스라고!

메리, 네가 말을 하지 못하니까 내가 더 답답하다. 그건 너한테 내려 준 벌이 아니라 꼭 나한테 내려 준 벌 같잖아. 메리, 난 너와 말이 통하지 않는 것이 너무 고통스러워.

(주인 여자에게) 이봐요. 내가 찰스예요. 내가 당신이 찾는 찰스라고. 제발 날 좀 봐요.

6

어두운 밤, 손밍이 나와서 전과 같은 노래를 부른다.
뒤쪽에서 주인 여자가 손밍을 보고 있다.

찰스 메리, 그녀의 이름은 소연이야. 네 주인의 이름이
소연이라고. 봤지? 이게 증거야. 기억이 시작됐어.
그러니 사람인 내 영혼이 닭 위로 내려앉은 것이
더 확실해진 거야. 내 말 듣고 있지? 메리, 난 지금
머릿속이 너무 복잡해.

손밍 (노래) 거기 있잖아요. 그 꽃 있잖아요. 우리가 고
향에서 보았던 그 꽃이잖아요. 하지만 우리는 그때
의 우리가 아니에요.

주인 여자가 다가온다.

주인 여자 전 그 노래가 좋아요.

손밍	언제 나오셨어요?
주인 여자	손밍 언니의 목소리가 참 좋아요.
손밍	처음 들어 봐요.
주인 여자	그 노래 고향에 관한 노래지요?
손밍	중국말 할 줄 아세요?
주인 여자	아니요. 그냥 노랫가락을 들으면 느낄 수 있어요. 고향에 가고 싶지요?
손밍	예. (사이) 사장님, 죄송해요.
주인 여자	뭐가요? 그런 말 하지 마세요. 주방 아주머니가 일을 잘한다고 칭찬을 하세요.
손밍	사장님, 제가 떠나야 하는데…… 제 상황이……
주인 여자	난 아무것도 몰라요. 나, 그 노래 가르쳐 줄래요? 조금 전에 불렀던 노래. 다시 한 번 불러 주세요.
손밍	(노래) 거기 있잖아요.

손밍이 노래를 부르는 동안 주인 여자, 하늘을 보는 듯하다.
그사이 주인 남자가 다가와 손밍의 손을 잡는다.
손밍이 노래를 멈추자 주인 남자, 손밍에게 노래를 계속하라는
신호를 한다.
주인 남자, 손밍을 잡고 어둠 속으로 사라진다.
주인 여자, 모른 척 하늘을 보고 있다.

7

주인 남자가 닭들에게 모이를 주고, 메리의 밥그릇에도 먹이를 부어 준다.

주인 남자, 한동안 메리를 보다가 메리의 목줄을 풀어 준다.

메리, 공격적으로 주인 남자를 한 번 쳐다보다가 금방 꼬리를 친다.

주인 남자, 나간다.

찰스 오늘은 한 달에 한 번 오는 식당의 정기 휴일, 몇 마리의 닭과 개 한 마리가 자유를 얻게 되었다. 어떤 닭일까. 이중에 어떤 닭들이 성호가든의 정기 휴일을 틈타서 생명을 하루 더 연장시킬까.

메리 (끙끙거리며 아무런 소리를 못 내서 답답해한다)

찰스 메리, 아무리 그래도 난 소리 없이 나오는 네 말을 알아들을 수 없어. 그냥 나 혼자 지껄이는 게 나아. 메리, 그래도 다행스러운 건 네가 전보다 더 용맹스러워 보인다는 거야. 짖지 않는 건 용맹스러워 보이는 거야. 겁쟁이나 먼저 소리를 지르고 짖어 대는 거야. 내가 항상 말했잖아. 무서운 놈들은 먼저 짖지 않는다고. 호랑이가 짖고 나서 사슴을 잡지는 않아. 그런 의미에서 넌 좀 더 늑대다워진 거야. 그런데 왜 안 나가고 있어. 마을에 가서 발정난 개들을 만나야지. 설마 목소리를 잃어 창피해서 그런 거야? 아니면 목소리를 잃었다고 암캐들이 네게 욕구를 못 느낄까 봐 그러는 거야?

메리 (왈왈. 소리 나지 않는다)

철문이 닫히는 소리와 함께 자동차가 떠나는 소리가 들린다. 메리는 짖지 않는다.

찰스 드디어 주인 남자가 정기 휴일 낚시를 떠났군. 메리, 어쩌면 주인 남자는 내가 찰스라는 것을 알지 않을까? 항상 닭장에 들어오기 전에 날 유심히 쳐다보거든. 사실 인간이 닭을 그렇게 유심히 볼 이유는 어디에도 없거든.

메리 (아주 작고 탁한 음성) 찰스…… 넌…… 말이…… 너무…… 많아.

찰스 와! 축하해 메리. 그 정도라도 찾은 거야?

메리 시끄러워. 넌 사람이 아니야.

찰스 너도 개 같지는 않아.

주인 여자가 나온다.

찰스 낚시에는 노래 부르는 여자를 데려갔군.

주인 여자 메리, 거기 있지?

메리가 주인 여자에게 다가간다. 여자가 메리를 안아 준다.
자동차 소리 가까워진다.

주인 여자 답답하지? 그래도 시간이 지나면 나아질 거야.

찰스 그녀는 내 연인이었어.

메리 찰스, 아니야. 그건 네가 착각하는 거야. 네가 그
      붉은 먹이를 먹은 뒤로 찰스라고 착각을 하는 거
      야. 사람의 그 살점을 먹었기 때문이야.

주인 여자 메리, 그래도 다행이다. 내가 불빛을 분간하는 것
      처럼, 너도 작은 소리를 만들 수 있으니. 정말 잘
      됐어.

집 뒤쪽에서 직업소개소 사장이 들어온다.

어깨에는 엽총을 메고 있다.

메리가 직업소개소 사장을 노려본다.

직업소개소 사장   어이구, 무서워라. 메리, 소리 없이 노려보니까 더
　　　　　　　　무섭다. 근데 너 까불다가 죽는다.

직업소개소 사장이 메리에게 엽총을 겨눈다. 계속 위협적인 몸
짓을 한다.

주인 여자   어떻게 들어왔어요?

직업소개소 사장   메리, 너 내 손에 있는 게 뭔지 모르지? 하긴 이런
　　　　　　　　거 처음 보지? 이게 말이야, 이태리에서 온 베넬리
　　　　　　　　야. 무게 2.9킬로그램. 든 것 같지도 않아. 착용감
　　　　　　　　죽여. 사냥총이라고 인마. 네가 나 한 번 물 때, 난
　　　　　　　　네 머리에 다섯 발 박아 줄 수 있어. 그 말은 오연
　　　　　　　　발이란 뜻이야.

주인 여자   (놀라서) 메리, 가만있어. 메리 이리 와. 여기 왜
　　　　　　　　왔어요?

직업소개소 사장   왜 자꾸 물어, 잘 알면서. 오늘 정기 휴일이고, 휴
　　　　　　　　일 날 사장님은 여자애 데리고 낚시 갈 테고, 그러

면 우리 여사장님은 외롭잖아. 그래서 온 거지. 부탁한 것도 있잖아. 사장님 모르게 부탁한 거니 주차장에 차 세울 수도 없는 노릇이고. 그러니 저쪽으로 들어왔지. 메리가 다니는 길. 난 그런 길이 좋아. 들어올 때 느낌이 짠하거든. 메리 놈도 그 길로 암컷들 만나러 다니잖아. 저놈도 뭘 좀 안다고.

메리, 계속해서 위협적인 몸짓을 한다.

직업소개소 사장　너 자꾸 까불면 죽어. 메리 넌 원위치로 가.

주인 여자가 메리의 목을 잡고 개집으로 데려간다.

직업소개소 사장　메리 운 좋았다.
　　　　주인 여자　내가 부탁한 거 알아봤어요?
직업소개소 사장　그럼, 알아봤지. 어때 나랑 사귈 거야?
　　　　주인 여자　또 그 소리?
직업소개소 사장　난 한번 찍으면 끝을 봐야 직성이 풀려. 그게 누가 되었든 상관 안 해. 이게 내 신조야.

직업소개소 사장, 닭장을 향해 총을 겨눈다.

직업소개소 사장 사냥하기 딱 좋은 날이다!

찰스 (직업소개소 사장을 향해) 이봐, 지금 뭐하는 거야. 어디다 총을 겨누는 거야?

직업소개소 사장 난 낚시도 실내 낚시터에서 하는 게 좋더라.

주인 여자 무슨 소리예요?

직업소개소 사장이 닭장을 향해 총을 쏜다.
닭 인형 하나가 땅에 떨어진다. 닭들이 소리를 지른다.

직업소개소 사장 명중.

주인 여자 뭐하는 짓이야!

직업소개소 사장 사냥하잖아. 나 줄 돈에서 닭 몇 마리 값 빼 버려.

찰스 너 어디다 총을 쏴. 너 미쳤어?

주인 여자 닭장에다 총을 쏘면 어떡해.

직업소개소 사장 닭장 밖에는 닭이 없고, 소리도 못 내는 개 한 마리와 앞도 못 보는 여자 하나가 있다. 그러니 난 사냥을 닭장에서 한다. 닭 몇 마리 값 내가 물어 주면 되고.

직업소개소 사장, 또 총을 겨눈다.

찰스	저놈 미쳤어. 닭을 잡고 싶으면 들어와서 잡으란 말이야.
직업소개소 사장	저기 저 이쪽 보고 꼬꼬댁거리는 수탉 있지. 이번에는 그놈 맞출 거야.
주인 여자	그만해. 닭 필요하면 그냥 잡아가면 되잖아.
직업소개소 사장	어떻게 잡든 똑같아. 재미 좀 보자.
찰스	지금 나한테 쏘겠다는 거야? 지금 나 말한 거냐고. 아하, 젠장! 이런 방법이 있는 줄은 몰랐지. 누가 닭장에다 총을 쏜단 말이야. 난 생각도 못한 거야. 내가 이제까지 어떻게 버텨 왔는데……

찰스, 닭장을 이리저리 옮겨 다닌다.

직업소개소 사장	(찰스를 보고) 저놈 봐라. 지금 저 쏜다는 거 아는 놈처럼 움직이네. 다른 닭들은 멀쩡한데 저놈은 저 쏘는 걸 아는 것 같네. 하~ 그러니까 더 재미있네. 아주 재미있어. 오호, 이거 완전 서바이벌 게임이네.
찰스	메리, 뭐하고 있어? 저놈 좀 어떻게 해 봐. 자꾸 날겨누잖아.

직업소개소 사장, 방아쇠를 당긴다.

다른 닭이 소리를 지르며 쓰러진다. 찰스는 웅크리고 피한다.

직업소개소 사장 저놈 봐. 잘 피하네.

주인 여자 그만하고 알아 온 거나 얘기해요.

직업소개소 사장 찰스와 보육원에 살았던 친구들을 만나 봤어. 다들 떠났다고 생각하더군. 꼭 떠나야 된다고 말했대. 그런데 그중 한 아이한테서 이상한 얘기를 들었어. 그 친구가 하는 말이 찰스가 떠나기 한 달 전부터 가끔 악마를 보았다는 말을 했다는 거야. 악마를 보아서 돈이 필요하다고, 그래서 찰스가 한 달 동안 잠도 안 자고 밤과 새벽에 일을 했다고. 그래야 악마에게 사랑하는 사람을 구할 수 있다고. 그 친구는 그 말을 장난으로 흘려 넘겼대. 결국 찰스는 여기 말고 다른 도시에 방을 구했고. 친구들이 어디에 구했느냐고 물어도 말하지 않았다고 해. 그리고 조용히 떠났대.

주인 여자 맞아요. 날 데리러 온다고 했어요.

직업소개소 사장 그 말은 오지 않았다는 뜻이지? 다른 친구 말로는 찰스가 짐을 들고 떠나던 날 보육원으로 누가 찾아왔다고 했어. 찰스가 그 남자를 보고 악마라고 했대. 그게 마지막이야. 그 친구는 찰스의 친아버지가 온 거라 생각했대. 근데 찰스의 친아버지는 삼 년 전부터 병원에 누워 있거든. 그러니 찰스의 아버지는 아니지. 순간 내 머릿속에 누구 얼굴이 떠오른 줄 알아? 네 새아버지 얼굴이 떠올랐지. 그래서 성호가든 사장 사진을 보여 줬어. 왜냐, 사랑하는 사람을 구한다고 했으니, 그건 여자 친구인 너일 것이고, 여자 친구랑 가출을 한다고 하면 그 가족이 당연히 싫어하겠지. 그날 찰스가 만난 사람이 네 새아버지야. 확인했어. 그 후로 찰스의 소식이 끊겼어. 아직 확실한 건 아무것도 없어. 찰스가 어딘가에서 잘 살고 있는지 무슨 일을 당했는지. 다만 기분이 그렇다는 거야. 또 네 새아버지가 악마라는 증거도 없잖아. 요즘 세상에 악마가 있나?

주인 여자   악마······

직업소개소 사장   영화에서 보면 이런 경우 마지막 사람하고 관계가 있지. 하지만 이건 현실이잖아.

주인 여자   그때만 해도 조금은 볼 수 있었는데.

직업소개소 사장   아참, 네가 준 약 있지. 그 약은 시력하고 아무 상관없는 약이야. 그냥 영양제래. 망막색소변성증하고 관계없는.

주인 여자   그럴 줄 알았어요.

직업소개소 사장   필요한 약 내가 구해 줄까? 그 정도는 돈 안 받을 게.

주인 여자   새아버지가 왜 약을 바꾸었을까?

직업소개소 사장   네 엄마가 세상 떠나시고, 성호가든이 공동 주인 인 상황에서 네가 눈이 더 나빠지면 새아버지 입 장에서는 편해지겠지.

주인 여자   그러겠지요. 그래서 아마 찰스도 새아버지가……

직업소개소 사장   함부로 얘기할 수 없어.

주인 여자   아니, 난 느낄 수 있어요.

직업소개소 사장   여자 직감 무시할 수 없지. 내 얘긴 이게 다야.

직업소개소 사장, 총을 다시 겨눈다.

직업소개소 사장   야, 저놈 잘 피해 다니네. 닭이 눈이 좋은가?

주인 여자   찰스……

직업소개소 사장   너무 슬퍼할 거 없어. 내가 서운하잖아.

주인 여자   미안해, 찰스!

찰스   내가 찰스야!

직업소개소 사장, 방아쇠를 당긴다.

찰스 제발 그만 좀 하란 말이야. 목숨 가지고 장난하는 거 아니야.

주인 여자 나도 그거 한번 쏴 봐도 돼요?

직업소개소 사장 뭐가 보여야 쏘지.

주인 여자 가르쳐 주면 되잖아요. 한 번만 쏴 볼게요.

직업소개소 사장 나 쏘려고?

주인 여자 뭐가 보여야 쏘지요.

직업소개소 사장 그럼 연습이야. 딱 한 번.

직업소개소 사장이 주인 여자에게 총을 건넨다.

직업소개소 사장 자, 여기 잡고, 이렇게 겨누는 거야. 지금 총알 두 발 남았어. 두 발만 쏘고 끝이야. 이거 장난감 아니야.

주인 여자 알아요.

직업소개소 사장 이게 안전핀이야. 이거 이렇게 밀고, 저기 목표물이 뭐냐면, 닭이야. 내가 못 맞춘 그 닭. 내가 말해 줄 테니 쏴 봐. 그렇지 이렇게……

찰스 왜 그래, 이봐, 당신하고 나 사랑하는 사이였다고 했잖아. 그런데 날 향해 총을 겨누어? 내가 아무

리 그때 일들을 기억하지 못한다고 날 겨누면 안
되지.

주인 여자, 방아쇠를 당긴다. 탕~ 하는 소리.

찰스　정말 맞을 뻔했잖아.

직업소개소 사장　잘 쏘네. 맞을 뻔했어.

주인 여자　아무것도 안 맞았어요?

직업소개소 사장　아직은…… 자, 마지막 한 발.

주인 여자　(방아쇠를 당긴다)

직업소개소 사장　아깝네. 오연발 끝!

주인 여자　어렵지 않네요.

직업소개소 사장　(총을 받아 총알을 장전하며) 느낌이 좋지 않아?
사냥감을 향해 총알이 날아가는 그 찰나의 순간.
맞을까, 아니 맞지 않았을까 하는 그 스릴. 그리고
목표물이 쓰러진다. 이건 마법 같은 매력이야. 총
알이 보이지 않기 때문에 마법 같은 거야. 내가 당
기고 겉으로 보기에는 아무것도 일어나지 않았는
데, 멀리 상대가 쓰러지는 거야. 내 의식이 저쪽으
로 그대로 전달된 느낌인 거야. 칼로 찌르는 거와
는 느낌이 다른 거야. 이게 사냥의 묘미야.

직업소개소 사장, 총을 다시 장전한다.

주인 여자   내 남자 친구가 되고 싶어요?

직업소개소 사장   그래. 몇 번을 말해야 되겠어.

주인 여자   다른 여자들 얼마든지 있잖아요.

직업소개소 사장   난 특별한 게 좋거든. 하나쯤 없는 것. 하나쯤 모자
란 것. 말을 못하거나 눈이 보이지 않거나. 특별하
잖아.

주인 여자   그 총 하루만 빌려 줘요. 그러면 친구가 될게요.

직업소개소 사장   그 눈으로 사냥이라도 가시게?

주인 여자   빌려 줄 수 있지요? 어쩌면 더 많은 걸 얻을지도
몰라요.

직업소개소 사장   더 많은 거라…… 조금 걱정은 돼도 기대되는데.
앞이 보이지 않는 여자에게 총이라. 근사한데. 좋
아, 인생 모험이다.

직업소개소 사장이 주인 여자에게 총을 준다.

직업소개소 사장   죽은 닭 두 마리는 치워야겠지? 사장님 보시면 날
뛸 테니까.

주인 여자	닭들은 그대로 둬요.
직업소개소 사장	좋을 대로. 조심해!

직업소개소 사장, 나간다.

찰스	난 이런 일이 있을 줄 상상도 못했어. 처음으로 위협받았어.
메리	나도 마찬가지야. (큥큥)

갑자기 찰스가 고통스럽게 머리를 움켜쥐고 뒹굴기 시작한다.

8

바닥에 쓰러져 있던 찰스가 일어난다.

메리는 말없이 찰스를 지켜보기만 한다.

찰스 메리, 조금 전 처음으로 사람의 모습을 한 내 모습을 보았어. 열여덟 살 남자. 넌 믿지 못하겠지. 난 사람이야. 아니 난 사람이었어. 그래 지금은 아니지. 닭이 사람의 의식을 가졌어도 그건 닭이고, 사람의 몸으로 닭의 의식을 가졌어도 그건 사람이니까. 그래, 네 몸에 사람의 영혼이 내려앉은 것이 사실이라 해서 내가 너를 사람으로 인정하지 않는 것처럼, 결국 난 닭이야. 내가 사람이란 근거가 이 세상 어디에도 없어. 결국 기억이 나고 깨달았어. 내 의식과 내 생명만이 근거가 될 뿐, 다른 누군가에게 증명할 길이 없잖아. 어쩌면…… 어쩌면 이 세상에는 나와 같은 존재가 수없이 많은데 서로 알아보지 못하는 건 아닐까. 메리, 그런데 난 닭으로 나를 마무리하고 싶지 않아.

메리   찰스…… 기억…… 속에서…… 뭘 봤는데?

찰스   주인 남자가 보였어. 그가 나를 찾아왔고, 내게 물었어. 뭘 아느냐고. 난 모른다고 말했지. 남자를 따라갔어. 숲이 우거져 있고, 더운 기운이 땅에서 올라왔어. 그리고 어딘가에서 닭 우는 소리가 들렸어. 그래, 거긴 저쪽 성호가든 뒷산이야. 남자가 또 물었어. 뭘 아냐고. 그리고 내가 대답했지. 아저씨는 소연이 새아빠가 아니잖아요. 그리고 다시 주인 남자의 모습이 보였어. 거긴 다른 곳이야. 두 남자가 말다툼을 했어. 그중 한 명은 주인 남자고 다른 한 명은 몰라. 모르는 남자가 성호가든으로 간다는 얘기를 했어. 그는 소연이 엄마가 죽었으니 법적으로 남편인 자신이 성호가든의 주인이 될 것이라고 했어. 그리고 둘은 오랜 시간 언성을 높여 얘기하고 다투었어. 그리고 내가 소연을 만나러 성호가든에 갔을 때 소연의 새아빠가 바뀌어 있었어. 그리고 순간 둔탁한 것이 내 머리를 쳤어. 그리고 다시…… 주인 남자가 보였어. 주인 남자가 채소를 사료 믹서에 넣고 갈고 있잖아. 이제야 기억이 또

렷해지고 있어. 저쪽 믹서 안에 들어간 푸른 채소들은 토종닭이 먹어야 하기에 더 푸르렀지. 그런데 믹서에 들어간 푸른 채소들이 빛깔 좋은 아주 붉은 사료가 되어 쏟아져 내려오는 거야. 주인 남자는 아주 푸른 하늘 아래, 구름도 적당히 있는 하늘 아래, 성호가든의 닭한테 주기엔 너무나 붉은 사료를 양동이에 가득 담아 닭들에게 넣어 주는 거야. 내가 그 위를 날고 있었어. 바람이 적당히 불었으니까. 닭들이 처음 먹어 보는 먹이를 보고 환장을 하며 달려들었지. 사람의 피가 뚝뚝 떨어지는…… 이리 밀치고 저리 밀치고 서로 먹겠다고 난리였어. 주인은 흐뭇한 듯 바라보고 있었어.

(사이)

메리, 내가 찰스라면……내가 찰스라면…… 메리, 내가 찰스라면 너무 불쌍하게 죽은 거 아니야? 주인 남자가 저 기계 위에 나를 집어넣고 갈아 버린 거라고!

메리 (짖는다)

9

날이 저물 무렵

찰스는 지친 듯 닭장 철망에 기대어 앉아 있고, 메리도 찰스 가
까이 닭장 앞에 웅크리고 있다.

찰스 주인 남자를 죽여야 한다는 결론을 내렸어. 그리고
닭이 사람을 죽이는 방법에 대해 생각을 해 봤어.
하지만 네가 알다시피 그건 쉬운 일은 아니야. 완
전히 불가능한 일일 수도 있지. 하지만 당분간 포
기하지 않을 거야. 언젠가 기회가 오겠지. 그리고
주인 여자에 대해 생각했어. 그런데 아무래도 주
인 여자와의 감정을 되찾을 수가 없어. 닭에게는
심장이 없는 것 같아. 이 작은 머리로 생각을 하지
만 주인 여자와의 감정이 떠오르지는 않아. 어쩌면
죽는 것을 너무 많이 봐서 그런가 봐. 사실 그래서

주인 남자를 죽일 수 있다는 생각을 한 거야. 사람
이 죽는 게 꼭 닭이 죽는 것보다 거창한 법은 아니
니까.

(사이)

해가 지고 어두워진다.

찰스 메리, 너도 느끼지? 우리에게 새로운 시간이 찾아
오고 있다는 것을. 하긴 넌 미련한 개니까 못 느낄
수도 있어. 의식을 가지고 있는 나만이 느끼는지
도 모르지. 그런데 이제는 생각하는 것도 지쳐. 아
마도 닭의 작은 머리로는 오래 생각할 수 없나 봐.
메리, 왜 이렇게 조용한 거야? 하긴 들을 수 있다
는 것에 감사해야 해. 넌 듣는 것도 냄새를 맡는
것도 훨씬 뛰어나잖아. 그러니 하나쯤 잃어도 괜찮
아. 네 쉰 목소리는 낮에 몇 마디 듣는 것만으로도
충분했어. 그래도 메리, 네가 이렇게 닭장 앞에 있
으니까 친구가 된 느낌이야. 메리, 잠깐 친구라는
생각이 들어서 그런데 이 닭장 안에 죽어 있는 두
마리 닭 네가 먹어도 돼. 허락할게. 둘 다에게 좋은
일이잖아. 난 죽은 닭이 치워져서 좋고, 넌 배불러

서 좋고.

메리 난 익힌 고기에 익숙해졌어. (킁킁)

찰스 메리, 난 가끔 네가 재수 없다는 생각을 해.

멀리서 들려오는 주인 남자의 자동차 소리.
메리가 개집으로 들어간다.

찰스 너도 나와 같이 뭔가를 느낀 거야. 그래서 겁쟁이
처럼 피하는 거야. 아니면 오늘도 넌 주인 남자가
무서워 피하는 거야? 내게 너와 같은 이빨과 힘이
있다면 복수를 할 수 있을 텐데.

주인 남자가 들어와서 심상치 않은 분위기를 느낀 듯 주위를 살
핀다.
그러다가 닭장 안에 죽어 있는 닭을 발견한다.

찰스 원수가 다시 내 집으로 들어오겠군.

주인 여자가 나온다.

주인 여자 아저씨 왔어요?

주인 남자	왜 닭이 죽어 있어? 무슨 일이야?
주인 여자	닭이 죽었어요?
주인 남자	그래, 두 마리나 죽어 있잖아.
주인 여자	무슨 일일까?

주인 남자가 닭장 안으로 들어가서 닭장 안을 살핀다.
회전목마가 돌기 시작한다. 닭들이 움직인다.
그사이 주인 여자가 닭장의 문을 잠그고 나서, 메리의 집에서 총을 꺼내 온다. 주인 남자, 죽은 닭을 들어 살핀다.
그러다가 총을 든 주인 여자를 발견한다.

주인 남자	지금 뭐하는 거야? 그거 어디서 났어. 그래, 그 자식 거구면. 그 자식이 왔었어? 왜? 이 총 갖다 주러? 그거 못 치워?
주인 여자	못 치워요.
주인 남자	(문을 열려다 밖에서 잠긴 것을 확인한다) 문 못 열어?

주인 여자, 방아쇠를 당긴다. 탕~ 총이 발사된다.
주인 남자, 놀라 주저앉는다.

주인 남자 너, 죽고 싶어?

주인 여자 이제 네 발 남았어. 오연발인데 한 발 쏜 거야. 당신이 그럴 줄 알았어. 당신이 찰스를 죽인 거지? 당신이 찰스를……

주인 남자 그럼 내가 모를 줄 알았어? 네기 도망가게 놔둘 것 같아? 네가 떠나면 나 혼자 이상해지잖아. 사람들이 날 이상하게 볼 거라고. 우린 성호가든의 공동 주인이잖아.

주인 여자 당신은 내 새아버지가 아니야. 엄마가 말했던 새아버지와 달라. 그래서 내가 알아볼까 봐, 내가 시력을 회복할까 봐 약을 바꾼 거야. 날 병원에는 못 가게 하고.

주인 남자 다 알았네. 널 맹인 학교에 보내고 여기서 좀 오래 살아 보려 했는데. 네가 다 망쳤어. 넌 운이 없어. 네가 자초한 일이야. 이제 넌 살아 있으면 안 돼.

찰스 이제야 밝혀지는군. 하지만 총은 그만둬. 그 찰스가 또 죽게 생겼어.

주인 남자 살려 둔 것만으로도 다행인 줄 알았어야지. 문 열어. 날 몰라? 내가 총에 죽을 것 같아?

주인 여자 그래도 총이 두렵지?

주인 남자 네가 두렵잖아. 내가 나가면 끝이라는 것도 알잖

아. 이깟 얇은 철망이 아무런 힘이 없다는 걸 알잖아.

주인 여자 쏘면 맞을 수도 있고 맞지 않을 수도 있어. 누구도 알 수 없어.

주인 남자가 철망을 흔든다. 주인 여자가 소리 나는 쪽으로 총을 쏜다.

주인 여자 맞은 거야?

주인 남자 아니, 맞을 뻔했지.

주인 여자가 다시 총을 쏜다. 한쪽에서 손밍이 걸어 나온다.

주인 남자 이제 두 발 남았네. 넌 두 발 쏘고 나면 끝이야. 손밍, 저 총 잡아.

손밍 사장님, 그 총 주세요.

주인 여자 언니, 저리 비켜요.

손밍 사장님! 그 총 주세요.

주인 여자 언니, 저리 비켜요.

(사이)

손밍 그럼 내가 할게요. 난 눈이 보이잖아요.

주인 남자　내가 나가면 너희 둘은 닭의 사료가 될 거야. 그
　　　　　찰스새끼처럼. 그 새끼처럼 이 닭들의 사료로 쓰일
　　　　　거라고.

찰스　붉은 사료, 사람의 고기.

주인 여자　찰스……

주인 남자　이제 알았어?

손밍이 총구를 남자 가까이 댄다.

주인 남자　네가 쏠 수 있을 것 같아? 도망 다니는 년이 여기
　　　　　서 사람을 죽이겠다는 거야?

손밍　넌 사람이 아니니까.

손밍이 방아쇠를 당긴다. 주인 남자의 몸에 맞는다.

손밍　난 떠날 거예요.

손밍, 총을 바닥에 버리고 집 안으로 뛰어간다.

주인 여자　언니, 내가 쏜 거예요. 그 총 이리 줘요.

그사이 주인 남자, 쓰러졌다가 버둥거리며 일어난다.

> **주인 남자** (비틀거리며 문을 열려고 안간힘을 쓴다) 이깟 엽
> 총으로 사람이 죽을 것 같아?
> **찰스** 닭이 사람을 잡을 수 있는 기회야. 난 세상에서 가
> 장 용감한 닭이야.

찰스가 펄쩍펄쩍 뛰며 주인 남자에게 다가가 주인 남자의 상
처를 문다.

> **주인 남자** 저리 비켜. 이 수탉새끼.

주인 남자, 찰스를 잡으려 하지만 펄쩍거려 잡을 수가 없다.
그사이 메리가 어슬렁어슬렁 닭장 앞으로 온다. 주인 여자가 메
리를 쓰다듬는다. 주인 여자, 닭장 문을 연다. 메리, 닭장 안으로
들어간다.

> **찰스** 메리, 이제야 본성을 찾은 거야?

메리가 주인 남자의 목을 문다.

찰스 어때? 사람의 입을 통해 공기가 들어오는 것이 느껴져?

소리 없이 주인 남자의 몸이 버둥거리다가 멈춘다.
손밍이 가방을 들고 나온다.

주인 여자 (손밍에게) 언니, 떠나지 않아도 돼요. 그냥 같이 살아 봐요. 언니는 아무것도 모르는 거야.

10

아침, 닭의 사료를 가지고 와서 손밍이 닭장 안에 넣는다.
주인 여자, 닭장을 바라본다.

> **찰스** 붉은색의 사료야. 난 예상하고 있었어. 가장 안전
> 한 방법이거든. 닭의 내장으로 감춰 버리는 거야.
> 그리고 개의 내장으로 완벽하게 자취를 없애는 거
> 지. 닭들은 새로운 먹이를 만났다고 좋아서 지랄을
> 하고 있어. 하지만 난 며칠 동안 아무것도 먹지 않
> 을 생각이야.

자동차 소리 들린다. 메리, 허공을 향해 짖는다. 소리가 나지 않
는다.

> **손밍** 저 닭이 왜 겁 없이 덤볐을까요?
> **주인 여자** 이중에서 제일 억울한 것들이 닭이잖아요. 장사 준

비를 해야죠. 장사를 해야만 아무 일이 없었던 거
예요.

손밍 사장님, 내가 닭을 잡을 수 있을까요.

주인 여자 못할 것도 없지요.

찰스 메리, 사람들이란 참 잔인해.

직업소개소 사장, 들어온다.

직업소개소 사장 내 총은 무사히 잘 있나?

주인 여자 저쪽에 있어요.

직업소개소 사장 총기라는 것이 이렇게 함부로 빌려 주면 안 되는
법인데. 어때, 사냥은 잘하셨어?

주인 여자 다 끝났어요. 새아버지는 떠났어. 당신에게 해가
되는 일은 없을 거야.

직업소개소 사장 다행이네. 오는 길에 닭 잡는 기계 신청해 뒀어. 내
일 온다고 하네. 돈 준비해 놔. 그리고 나 여기 자
주 올 거야. 거의 매일, 여기 사장님 눈먼 따님 싫
어서 떠났구먼.

직업소개소 사장, 개집 옆에 있는 총을 가져온다.

직업소개소 사장　어디 긁히거나 하지는 않았겠지. 저런 데 함부로 세워 두면 총열이 휘는 거야.

총열이 반듯한지 확인한다. 그리고 메리 쪽으로 총을 겨냥해 본다. 그리고 방아쇠를 당긴다. '탕' 소리와 함께 메리가 쓰러진다. 순간 모두들 놀란다.

직업소개소 사장　깜짝이야. 총알 남아 있었네.
찰스　메리, 메리.
주인 여자　메리…… 메리…… 이게 무슨 짓이야?
직업소개소 사장　나도 몰랐어. 다 쏜 줄 알았지.

주인 여자, 메리를 더듬거린다.

찰스　메리, 너 죽어 가는 거야? 그렇게 충실한 척하더니 그렇게 끝내는 거야? 불쌍한 메리. 정말 죽어 가고 있어. 언제까지 이렇게 쉽게 죽일 거야. 너무 허무하게 죽어 가잖아.
직업소개소 사장　그런데 저 수탉새끼는 어제부터 왜 나만 보면 난리야. 오늘 첫 손님은 수탉으로 대접해야겠다.
찰스　메리, 저놈이 오늘은 날 정말 잡을 생각인가 봐.

분명 내 실수야. 어제 너무 날뛰었어. 사람과 눈이 마주치고 날 다른 닭들과 구분하게 하면 안 된다는 것을 알면서 어제 내가 너무 흥분했던 거야. 이제 방법이 없어. 매일 총알을 피하거나 상대에게 사랑받는 방법밖에는 없어. 그런데 내가 저놈에게 사랑받기란 불가능한 일인 것 같아. 난 개가 아니잖아. 메리, 나도 더 이상 닭이 싫어.

찰스, 날갯짓을 하듯 팔을 들어 사장 앞으로 다가간다.
직업소개소 사장, 총알 장전한다. 그리고 찰스를 향해 쏜다.
찰스가 쓰러진다.

찰스   정말 내가 사람이었을까. 내가 그녀와 사랑을 했을까.

손밍   사장님, 저 닭이 눈물을 흘려요.

주인 여자   아무 힘도 없는 제 신세가 슬펐나 보지요. 나처럼.

직업소개소 사장   닭은 기껏해야 닭이야. 사람이 아니야.

주인 여자   난 사람인 게 창피해.

손밍   나도 가끔은요.

주인 여자   손님 맞을 준비를 해야지.

직업소개소 사장   성호가든 간판은 그대로 쓸 거야?

주인 여자 항상 하나님 곁에 있으라고 성호라고 지은 거래요. 그대로 써야겠지.

잠시 후 닭장에서 주인 남자의 모습을 한 닭이 어슬렁거린다.

주인 남자 (닭) 갑자기 의식이 돌아왔어. 깃털처럼 가벼운 내 영혼이 떠다니다가 갑자기 내가 닭장으로 돌아온 거야. 난 아무것도 기억이 나지 않아. 하지만 내가 사람인 것은 분명해……

막이 내린다.

작품 의도

희곡 『찰스』는 닭고기 요리를 파는 어느 시골 식당에서 벌어지는 이야기로, 수탉 찰스의 눈을 통해 인간 세상의 잔인함을 들여다보는 작품이다. 그런 의미에서 연극은 희곡보다 더 구체적이고, 극단적이고 충격적이어야 한다. 그 극단과 충격들은 단순히 폭력이나 범죄의 경중을 의미하는 것도, 소란함과 과격함을 의미하는 것도 아니다. 오히려 그 반대로 고요하고 잔잔한 일상 속에서 나타나야 한다. 아주 자연스럽게 의식하지 않고 벌어지는 인간의 행동 속에 숨겨진 잔인함을 관객들이 문득문득 인식해야 한다. 그러기 위해서 무대 안은 사실적이고 장치는 정교해야 한다. 또한, 인간의 영혼을 가진 수탉이라는 초현실적인 존재에 대한 창작자들의 확신이 뒷받침되어야 한다. 여기까지가 작가의 의도이다.

그러나 희곡이란 세상에 나와 새로운 연출가와 연기자들을 만나 매번 다른 모습으로 변화할 때 가장 아름답다는 걸 알기에 그나마 조심스럽게 적어 본다.

2019년 3월
한윤섭

96